LUIZ EDUARDO ANELLI • CELINA BODENMÜLLER

# Dinossauros

O cotidiano dos dinos como você nunca viu

ILUSTRAÇÕES BIRY SARKIS

PANDA BOOKS

7ª impressão

TEXTO © LUIZ EDUARDO ANELLI E CELINA BODENMÜLLER
ILUSTRAÇÃO © BIRY SARKIS

DIREÇÃO EDITORIAL **MARCELO DUARTE, PATTH PACHAS E TATIANA FULAS**
COORDENAÇÃO EDITORIAL **VANESSA SAYURI SAWADA**
ASSISTENTES EDITORIAIS **HENRIQUE TORRES, LAÍS CERULLO E GUILHERME VASCONCELOS**
CAPA E PROJETO GRÁFICO **RAQUEL MATSUSHITA**
DIAGRAMAÇÃO **CECILIA CANGELLO | ENTRELINHA DESIGN**
PREPARAÇÃO **SANDRA BRAZIL**
REVISÃO **LUCAS CARTAXO**
IMPRESSÃO **PIFFERPRINT**

---

CIP-BRASIL. CATALOGAÇÃO-NA-FONTE
SINDICATO NACIONAL DOS EDITORES DE LIVROS, RJ

---

ANELLI, LUIZ EDUARDO,
  DINOSSAUROS: O COTIDIANO DOS DINOS COMO VOCÊ NUNCA VIU / LUIZ EDUARDO ANELLI, CELINA BODENMÜLLER; ILUSTRAÇÕES BIRY SARKIS. — 1. ED. — SÃO PAULO: PANDA BOOKS, 2015. 56 PP.

  ISBN 978-85-7888-407-9

  1. DINOSSAURO - LITERATURA INFANTO-JUVENIL. 2. FICÇÃO INFANTOJUVENIL BRASILEIRA. I. BODENMÜLLER, CELINA. II. SARKIS, BIRY. III. TÍTULO.

---

14-18270     CDD: 028.5
                   CDU: 087.5

---

2023
TODOS OS DIREITOS RESERVADOS À **PANDA BOOKS.**
UM SELO DA EDITORA ORIGINAL LTDA.
RUA HENRIQUE SCHAUMANN, 286, CJ. 41
05413-010 — SÃO PAULO — SP
TEL./FAX: (11) 3088-8444
EDORIGINAL@PANDABOOKS.COM.BR
WWW.PANDABOOKS.COM.BR
VISITE NOSSO FACEBOOK, INSTAGRAM E TWITTER.

NENHUMA PARTE DESTA PUBLICAÇÃO PODERÁ SER REPRODUZIDA POR QUALQUER MEIO OU FORMA SEM A PRÉVIA AUTORIZAÇÃO DA EDITORA ORIGINAL LTDA. A VIOLAÇÃO DOS DIREITOS AUTORAIS É CRIME ESTABELECIDO NA LEI Nº 9.610/98 E PUNIDO PELO ARTIGO 184 DO CÓDIGO PENAL.

DEDICAMOS ESTE LIVRO A TODAS AS MÃES DO MUNDO, MAS ESPECIALMENTE PARA LOURDES E RUTH, NOSSAS MÃES QUERIDAS, QUE NOS CRIARAM COM AMOR E BONDADE. SEM ELAS NÃO TERÍAMOS A POSSIBILIDADE DE ESCREVER LIVROS, AMAR DINOSSAUROS, NEM APROVEITAR AS TANTAS OUTRAS COISAS BOAS DA VIDA.

# PRA COMEÇO DE CONVERSA

Os dinossauros não andaram por aí o tempo todo só perseguindo presas ou fugindo de predadores. Como os bichos de hoje, fizeram de tudo. Não eram todos grandes, fortes e velozes. Existiam os pequenos, os fracos e os lentos. Nunca saberemos exatamente tudo o que aprontaram, mas podemos entender muitas coisas estudando seus ossos, ninhos e pegadas.

Ossos ensinam bastante sobre os dinossauros: o tamanho que tinham, a quais espécies pertenciam, se eram bípedes ou quadrúpedes e muito mais. No entanto, várias coisas que fizeram não ficaram registradas, se perderam pelo ar e o vento levou. Mas, olhando

os bichos de hoje e observando seu comportamento, podemos supor o que os dinossauros faziam: como brincavam e dormiam, os sons que produziam, se subiam em árvores, se gostavam de nadar e por aí vai.

Existem muitas novidades surpreendentes sobre os dinossauros das quais você nunca ouviu falar. Para conhecê-las, vamos viajar no tempo, desembarcar há 231 milhões anos e fazer um passeio divertido pela Pré-História. Você nem imagina como era incrível a vida desses animais.

## A ERA DOS DINOSSAUROS

Dinossauros provam que a vida existiu num passado distante, de forma rica, gloriosa e exuberante. Naquele tempo os dias eram mais curtos, e a Lua, mais próxima, deixava a Terra mais iluminada. As estrelas eram outras, formavam constelações diferentes, que tornavam as noites mais enfeitadas e bonitas.

Os primeiros dinossauros viveram 231 milhões de anos atrás, quando plantas, bichos, clima, ares e mares eram todos diferentes.

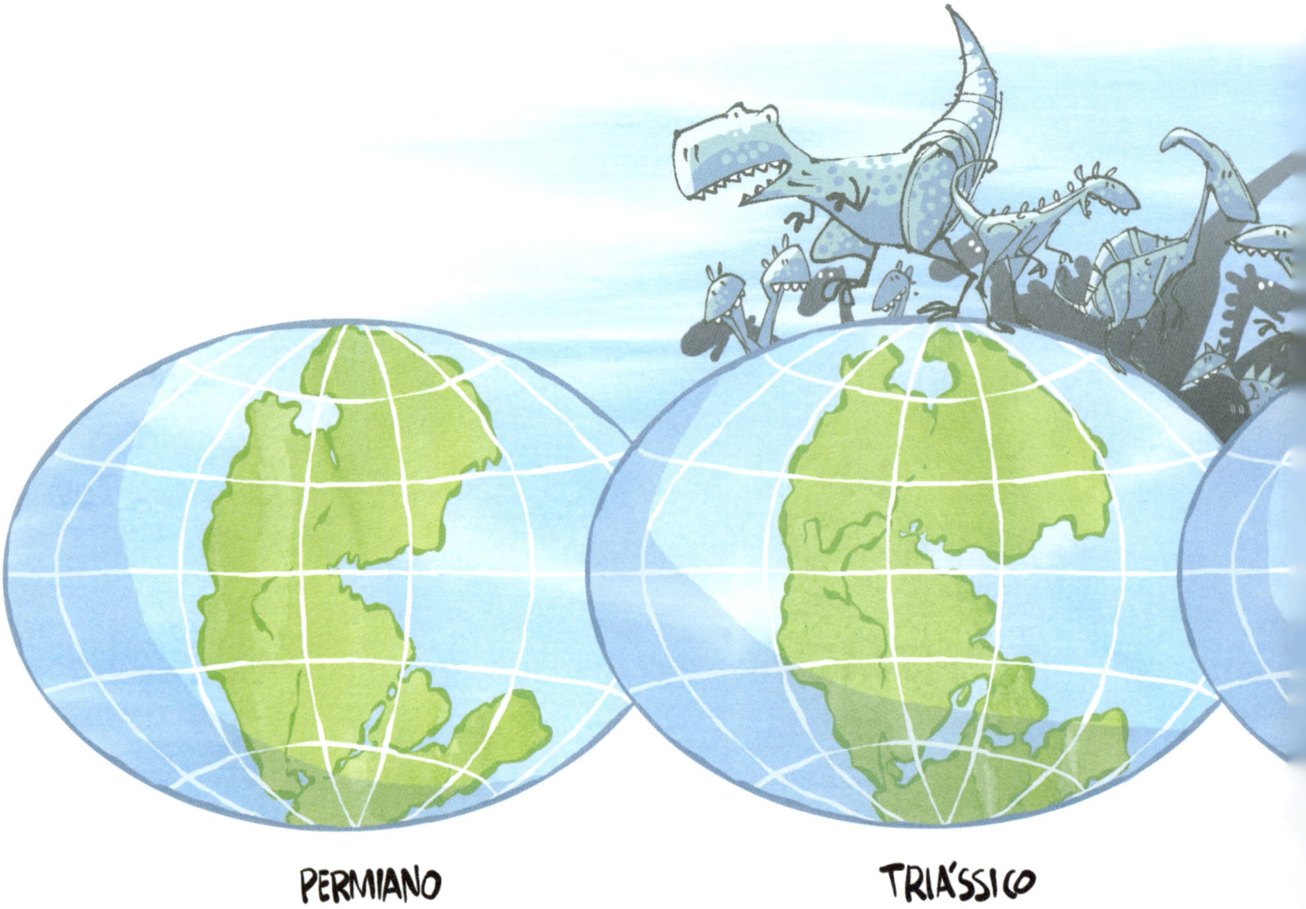

PERMIANO            TRIÁSSICO

Os continentes mudavam de posição o tempo todo. Viajaram do calor do Equador para os polos gelados; uma cadeia de montanhas se elevou onde antes estava um grande mar, e antigas florestas foram cobertas pelas areias de um imenso deserto.

A Terra mudou, e a vida precisou se adaptar para sobreviver, inventando novidades para seguir em frente. Assim surgiram os primeiros dinossauros e outros bichos, outras plantas, vidas novas.

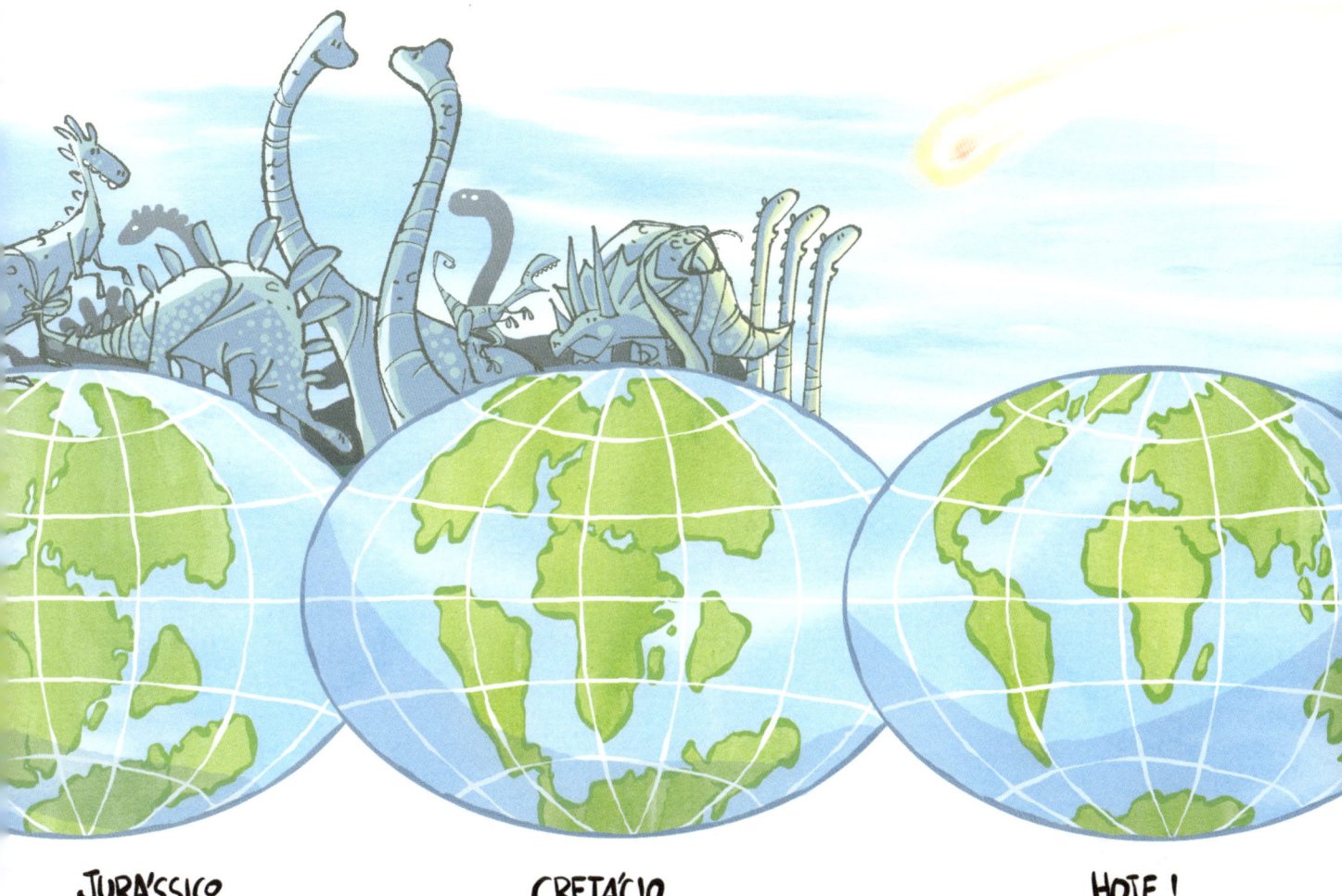

JURÁSSICO   CRETÁCIO   HOJE!

## A ÁRVORE DOS DINOS

Na grande árvore genealógica dos dinossauros, todos eram mais ou menos parentes. Da primeira turma de dinossauros se originaram todas as linhagens que viveram nos milhões de anos seguintes.

Imagine o tronco dividindo-se em dois ramos, e esses dois em quatro, e assim vai, até que milhares de ramos existam formando uma grande árvore. Foi mais ou menos assim que as espécies de dinossauros se sucederam ao longo do tempo.

Os ramos são as diferentes linhagens: herbívoros, carnívoros, chifrudos, pescoçudos, e assim por diante. A árvore é grande e variada, e todas as espécies unem-se num tronco inicial, o ancestral comum a todos. Por isso todos são parentes, dos mais antigos até os últimos descendentes.

# CIDADÃOS DO MUNDO

Os dinossauros viveram no mundo inteiro, até onde hoje fica sua cidade, assim como em Nova York, no deserto do Saara e no Rio de Janeiro. O problema é que em muitos lugares não havia chance de seus esqueletos serem conservados, pois não estavam em regiões onde a Terra pudesse embalar ossos. Por isso, existem lugares com muitos esqueletos, como China e Argentina, e outros com poucos, como Escócia e Filipinas.

No entanto, não existe um lugar onde esses bichos não pisaram, pois tiveram muito tempo para perambular por aí – só na Era Mesozoica foram 160 milhões de anos, algo próximo de inacreditáveis 58 bilhões de dias. Além disso, quando os primeiros dinossauros nasceram, todas as terras estavam unidas num continente gigante chamado Pangea, permitindo que se espalhassem por todo o mundo. Até pela Antártica e Austrália eles andaram!

Pangea foi um supercontinente que nasceu da colisão de dois outros imensos continentes, a Laurásia e o Gondwana. Ele existiu por cerca de 100 milhões de anos e partiu-se durante a Era dos Dinossauros.

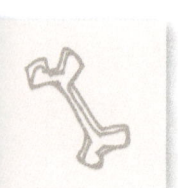

## OSSOS PETRIFICADOS

Não havia cemitérios de dinossauros, mas quando morriam no lugar certo, seus esqueletos se fossilizavam, isto é, eram transformados em rocha.

É muito mais fácil um esqueleto ser destruído do que ser preservado, mas aconteceu. Plantas, conchas e muitos ossos de dinossauros ficaram petrificados por aí.

Na Pré-História, depois que um animal morria, seu corpo ficava abandonado, sua carne apodrecia e virava comida para outros animais, até que sobravam somente os ossos. Daí para frente, duas coisas poderiam acontecer: a chuva, o vento, o frio e o calor os destruíam ou, se fossem rapidamente cobertos por lama ou areia, ficariam a salvo, e seus ossos poderiam ser fossilizados.

Mas isso acontecia somente em regiões especiais que estavam afundando, as chamadas bacias sedimentares. Nelas, toda lama e areia trazidas pelo vento e pela água de rios e mares se acumulavam e cobriam os ossos dos animais mortos. Com o tempo, tudo era transformado em rocha, a embalagem ideal para ossos. Portanto, as bacias sedimentares eram o lugar certo para morrer. Em qualquer outro lugar, os ossos não resistiriam.

E é por isso que existem fósseis em alguns lugares e em outros não. Esqueletos de dinossauros já foram descobertos em vários cantos do mundo: no Canadá e no Japão, na Antártica e também no Paquistão. Em outros, nunca foram encontrados, como no Vietnã, Suriname, Etiópia e Senegal.

## XIXI E COCÔ

Os dinossauros não deixaram apenas ossos e dentes. Pegadas, cocôs e marcas de xixi indicam que andaram muito por aí.

Marcas de xixi são parecidas com as que deixamos quando fazemos xixi na areia. Só três foram encontradas, todas elas no Brasil, e comprovam um fabuloso fenômeno: que os dinossauros faziam mesmo xixi!

Cocôs fossilizados são muito parecidos com o cocô de qualquer outro animal. Ao estudá-los, descobrimos o que os dinos comiam, se folhas e sementes ou se outros animais.

A marca de xixi é chamada de urólito, que quer dizer "xixi de pedra". O fóssil de um cocô é chamado de coprólito, que significa "cocô de pedra".

## CAMINHANDO COM OS DINOSSAUROS

Pegadas de dinossauros são muito parecidas com as pegadas que nós deixamos quando caminhamos na lama ou na areia molhada. Elas nos ensinam muito mais do que urólitos e coprólitos. Mostram como os dinos andavam: se com duas ou com quatro patas, se para o norte ou para o sul, depressa ou devagar, sozinhos ou em bando, se eram leves ou pesados.

Assim como ossos, xixi e cocô, as pegadas também precisavam ser protegidas, bem delicadamente, ou desapareceriam com a chuva, o sol e o vento. Era gostoso para um dinossauro caminhar pela lama, sujar as patas e refrescar os pés.

Existem milhares de pegadas de dinossauros espalhadas pelo Brasil. Na maioria dos lugares apenas elas ficaram fossilizadas, sem o esqueleto do seu dono por perto. Parece que lugar bom para preservar pegada é ruim para preservar osso, e vice-versa, pois pegadas e ossos quase nunca são encontrados juntos. É, as rochas têm seus mistérios... Se os cientistas soubessem exatamente quais dinossauros deixaram pegadas no Brasil, conheceríamos hoje mais de cinquenta espécies, mais que o dobro do que já foi descoberto por aqui.

## DINOS NO BRASIL?

Claro que sim! Dinossauros viveram no Brasil desde o tempo em que ainda não existiam baleias, elefantes, felinos nem macacos. E olha que todos esses animais são muito antigos. Os dinos moram por aqui desde a Era Mesozoica, na companhia de tartarugas, crocodilos e vários outros animais esquisitos, como os ancestrais dos mamíferos e os répteis gigantes voadores, os pterossauros.

Muitos dinossauros que por aqui viveram estão entre os mais antigos do mundo, como os gaúchos Pampadromaeus e o Stauricosaurus. Ambos foram pequeninos, mas caminhavam sobre duas patas e por isso eram muito velozes. Também tivemos grandes dinossauros, como o pescador Oxalaia e o vegetariano Tapuiasaurus.

É legal viver num país onde existem muitos fósseis de dinossauros, não é?

## ONDE ENCONTRAR DINOSSAUROS

Não é fácil encontrar esqueletos de dinos pelo mundo, e nem no Brasil. Eles não estão em todas as rochas da Amazônia ou de todo o Pantanal, nem por toda a Mata Atlântica, nem no fundo do seu quintal.

Para descobri-los, é preciso saber onde estão as rochas da época em que viveram, formadas nos lugares onde gostavam de morar, desde seu surgimento há 231 milhões de anos até quando os grandões desapareceram, 65 milhões de anos atrás.

Se você procurar em rochas mais antigas, vai encontrar esqueletos de muitos animais, mas nunca de um dinossauro. Se procurar em rochas mais novas, vai encontrar outros tipos de dinossauros dos quais vamos falar mais para frente, mas nunca daqueles enormes e famosos.

## TAMANHO É DOCUMENTO

Os dinossauros foram os maiores animais que já habitaram a terra firme. O gigante Argentinosaurus chegava aos quarenta metros de comprimento, e seu predador, o Giganotosaurus, tinha 13 metros.

No entanto, muitos dinossauros eram pequenos e, mesmo adultos, tinham apenas o tamanho de um passarinho. O Microraptor, por exemplo, não passava de sessenta centímetros de comprimento e pesava só um quilo. Parecia uma pombinha de rabo bem comprido.

Para um dinossauro era bom ser pequeno porque não precisava comer muito. Conseguir comida sempre é tarefa difícil na natureza. Além disso, com a barriga cheia, qualquer cavidade na rocha ou no chão já servia como um bom esconderijo. Por outro lado, ser grandão ajudava a manter os inimigos afastados, garantindo um território mais tranquilo para viver.

## BICHOS COMO OS OUTROS

Dinossauros foram bichos como os outros, ora tinham saúde, ora estavam doentes; havia os medrosos e também os valentes. Sentiam sede e fome, frio e calor.

Quando feridos, podiam gemer e até berrar de dor. Quando se encontravam com outros bichos ficavam curiosos, cheiravam, cutucavam e até podiam se estranhar.

Dinossauro era encafifado com o casco da tartaruga e sabia que, se a virasse de barriga para cima, ela não conseguiria mais se desvirar. No verão, os que viviam na praia adoravam tomar banho de mar, e as conchas coloridas espalhadas pela areia chamavam sua atenção.

Acordavam cedo para pastar ou caçar. No fim do dia, como todos os bichos de hoje, procuravam um lugar seguro para descansar.

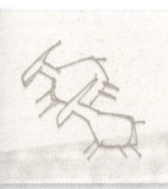

## OVOS E FILHOTES

Desde ovos até jovenzinhos, alguém tinha que cuidar dos filhotes. Por vezes eram os pais, outras tantas os parentes ou mesmo os vizinhos.

Os pais ocupavam-se com a construção do ninho, que era feito de galhos, pedras e terra batida. Tinha ninho com vinte ovos, tinha ninho com vinte filhotes novos. Sabemos disso porque muitos ninhos, ovos e filhotes ficaram fossilizados.

Um dia, durante uma forte tempestade de areia num deserto que existiu na Ásia, um pai debruçou-se sobre os 12 ovos do seu ninho para protegê-los. Como a tempestade foi muito longa, todos acabaram morrendo sufocados sob uma espessa camada de areia.

Outro ninho tinha seis grandes filhotes que esperavam que seus pais lhes trouxessem alimento. Todos eles morreram soterrados por uma corrente de lama que escorregou pela encosta de um vulcão. Quem mandou morar ao lado de um vulcão?!

## A MONTANHA DOS OVOS

Os filhotes não sabiam caçar nem encontrar plantas certas para comer. Assim, buscar alimento era tarefa dos mais velhos. Com pouco tempo de vida, ainda pequenos, inexperientes e desprotegidos sob o imenso céu, podiam se tornar alimento para filhotes de outras espécies de ninhos próximos dali. Sempre havia alguma tensão pairando no ar...

No estado de Montana, nos Estados Unidos, aconteceu uma das maiores descobertas sobre a vida dos dinossauros. Mais de duzentos esqueletos de Maiasaurus foram encontrados junto de centenas de ninhos repletos de ovos e pequenos filhotes.

Perto dos ninhos, os paleontólogos encontraram fossilizados ramos e folhas da última refeição que esses dinossauros fizeram. Assim descobriram que pais, amigos e parentes cuidavam dos filhotes uns dos outros, alimentando-os e protegendo-os, até que crescessem e se tornassem capazes de se defender contra predadores. Este lugar ficou conhecido como "a montanha dos ovos".

## BRINCADEIRA DE FILHOTE

Os filhotes eram muito brincalhões. Brincar era a coisa mais importante que faziam. Tudo era diversão na vida dos pequenos dinossauros: subir em árvores, se esconder para o outro encontrar, espreitar e rolar, correr e pegar, dar cambalhotas, morder, fingir e imitar. Era assim que aprendiam a viver. Eles não sabiam, mas se preparavam para o futuro, pois logo precisariam caçar, fugir, se esconder ou se defender, namorar e cuidar dos seus próprios filhotes.

Quando se é criança, algo muito importante a fazer é brincar. Boto e tamanduá, papagaio e lobo-guará, de um jeito ou de outro, todos sabem brincar. Sempre é bom fazer folia e se alegrar com os amigos. No tempo dos dinossauros não foi diferente, e brincadeira já era coisa séria!

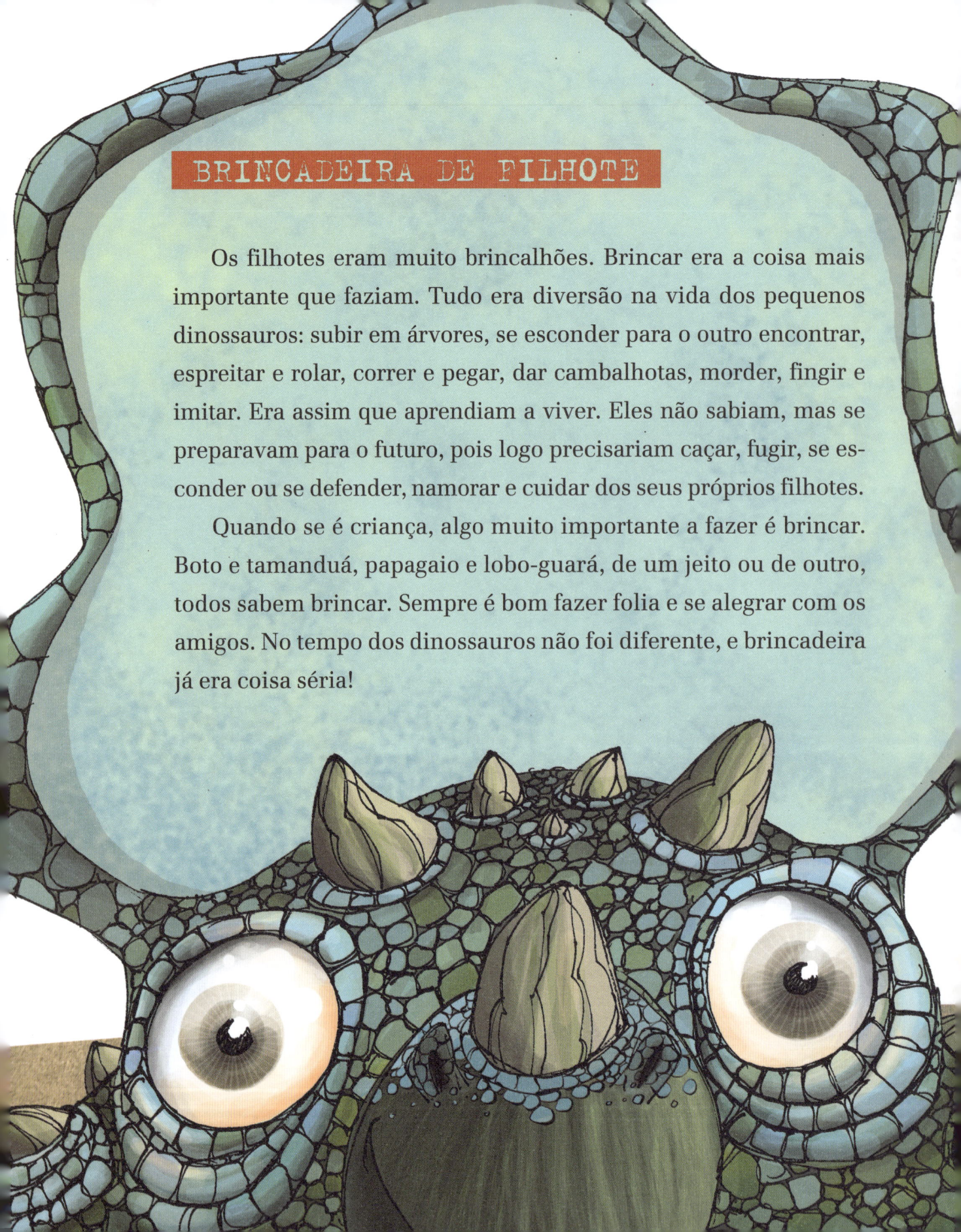

## MAS A VIDA NÃO ERA SÓ BRINCADEIRA

Se fosse preciso, os filhotes levavam bronca dos mais velhos. A vida não era só diversão, podia ser dura, sem deixar de ser boa, tinha sol e tinha chuva, tinha bicho à toa. Para dinossaurinhos cansados só tinha um remédio depois de bagunçar sem parar: dormir e sonhar.

Não há ninguém no mundo que não tenha levado uma bronca. Faz parte da vida, da vida dos bichos também; das plantas, não sabemos. Cuidar de filhotes dá trabalho, e há momentos em que os pais precisam descansar.

Crescidinhos, não davam um minuto de sossego. Queriam deixar o ninho para passear e xeretar tudo, conhecer o mundo. Muitas vezes, de tanto fuçar por aí, arranjavam encrenca com outros bichos. Como não sabiam conversar, uma mordidinha de leve ou um rugido mais forte servia como um bom "já para casa!", ou melhor, "já para o ninho!". Assim são os bichos de hoje, assim foram os dinossauros também.

## DAQUI PARA LÁ

Por vezes, dinossauros precisavam viajar daqui para lá, de lá para cá, de lá para lá. Não tinham roupas ou plantações, remédio ou médicos de plantão. Não eram como a gente. Eram como os bichos.

Todo ano, com o frio ou a seca, água e comida eram mais difíceis de encontrar, e o frio podia até matar. Por isso, quando a coisa complicava, os bandos se reuniam e o jeito era se mandar. Era o tempo da migração; uns gostavam, outros não.

Animais de hoje, como borboletas, lobos, gazelas e muitas aves, migram todos os anos em busca de alimento

ou de lugares mais sossegados e seguros para se reproduzir e cuidar dos filhotes.

Os paleontólogos sabem que os dinos migravam porque manadas de grandes dinossauros herbívoros, como os Camarasaurus, comiam florestas inteiras e, por isso, viajavam em busca de novos bosques. Esqueletos de Edmontosaurus são encontrados muito distantes uns dos outros, o que comprova que eles atravessavam grandes distâncias em longas viagens.

## LUTAR PARA VIVER

Os carnívoros não eram malvados nem cruéis como aparecem nos livros. Eles simplesmente precisavam se alimentar, queriam viver, brincar, ter família, se reproduzir, não queriam morrer. Perseguiam, agarravam e matavam só para comer. Só que suas presas tinham suas defesas e, ao menor descuido, adeus refeição! O que parecia fácil nem sempre acabava em comemoração. Em vez de um golpe de sorte, poderia ser o encontro com a morte.

Animais e plantas estão sempre na luta pela vida, e a maior parte dessa luta diz respeito ao cardápio. Os herbívoros lutam com as plantas, e os carnívoros, com os herbívoros.

Hoje as plantas não querem ser comidas e por isso produzem resinas repugnantes, substâncias venenosas, espinhos, folhas e cascas muito duras. Por sua vez, os herbívoros não querem virar comida de carnívoros e arranjam muitas formas de evitá-los. Com os dinossauros era a mesma coisa: tornaram-se velozes, ficaram enormes, ganharam carapaças e por aí vai.

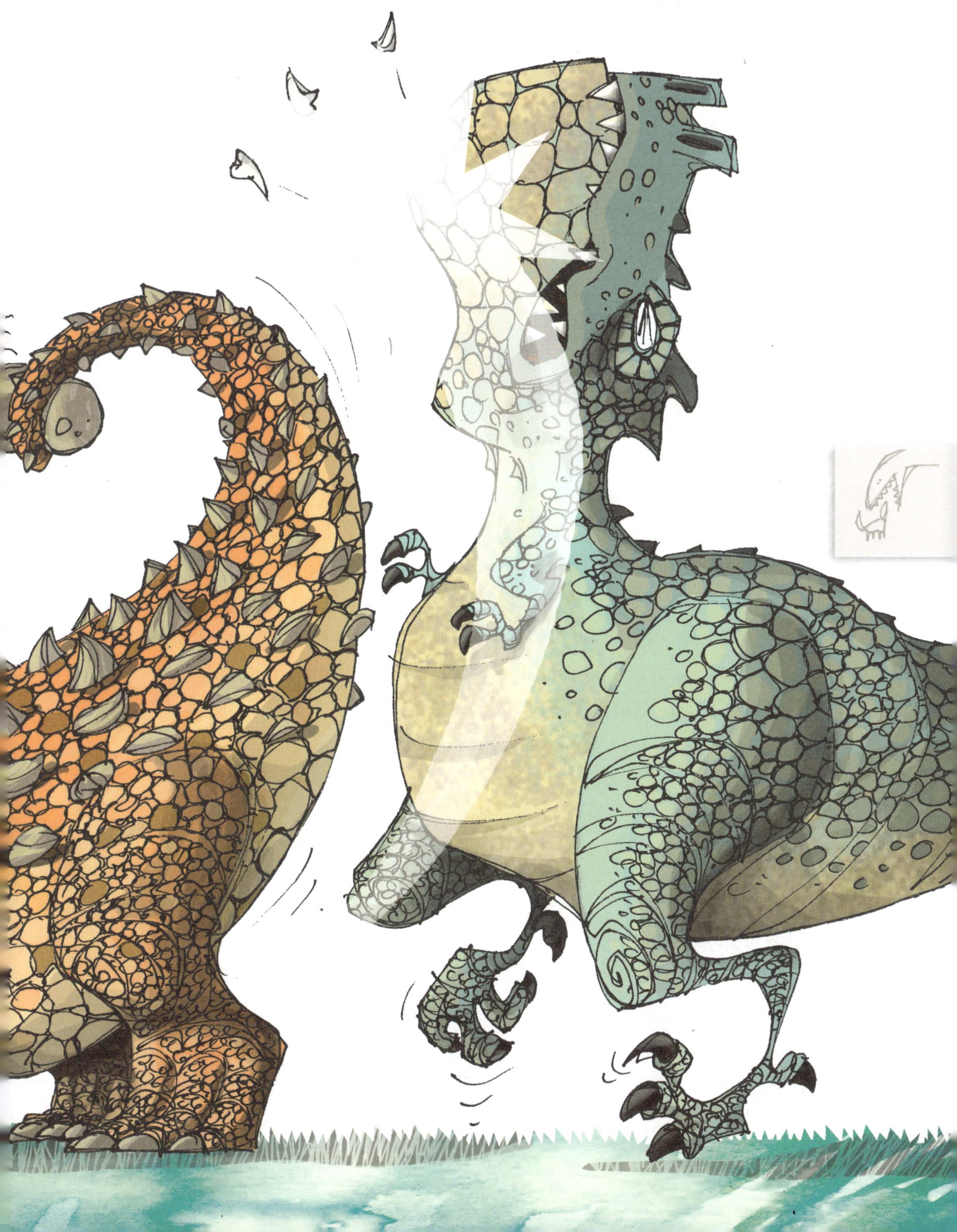

## CORES E SONS

Os dinossauros são fascinantes porque nem sempre é possível saber a coloração que tinham, e por isso podemos pintá-los com as cores que quisermos, com toda liberdade. Também não é possível saber os sons que faziam, se urravam, assobiavam, cantavam ou mugiam, e por isso podemos imitá-los como preferirmos, com muita criatividade.

Chifres e franjas, penas e escamas, texturas e posturas, cores e odores serviam para tudo: namorar ou intimidar, dominar e disfarçar, assustar e impressionar. Era um lugar colorido e barulhento, como hoje é o mundo, com céu azul, plantas verdes, terra escura, terra clara, bichos limpos, bichos sujos, bichos chatos, bichos mudos. Experimente agora imitar seu dinossauro preferido, isso pode ser muito divertido.

LÁ-RA LÁ!

## PRAZER EM CONHECER

Os dinossauros não tinham nome naquele tempo, mas hoje os cientistas já nomearam os esqueletos que encontraram. Alguns são tão legais que gostamos de repetir sem parar: Kryptops, Labocania, Amazonsaurus, Borogovia, Aletopelta e Camelotia.

Outros são quase impossíveis de dizer: Bruhathkayosaurus, Piatnitzkysaurus, Brachytrachelopan, Xuanhuaceratops. Muitos são engraçados: Pawpawsaurus, Xixianykus, Zanabazar, Bambiraptor.

Kol, Mei, Minmi, Dilong e Tawa são os mais curtinhos. Outros são tão famosos que nem é preciso terminar de escrevê-los: Tyranno..., Veloci..., Stego... e Tricera...

> OI! SOU O BRACHYTRACHELOPAN!

> PRAZER! XUANHUACERATOPS

Cada nome dado tem seu significado: Labocania foi encontrado em rochas perto da foz de um rio no México chamada La Bocana Roja.

Você consegue adivinhar onde foi encontrado o Amazonsaurus?

Bambiraptor foi um pequeno dinossauro, ganhou esse nome em homenagem ao personagem Bambi do desenho animado.

Se passou por sua cabeça que Xixianykus ganhou esse nome por causa de xixi, errou. Xixia é a região da China onde esse esqueleto foi descoberto.

# HORA DE HISTÓRIAS

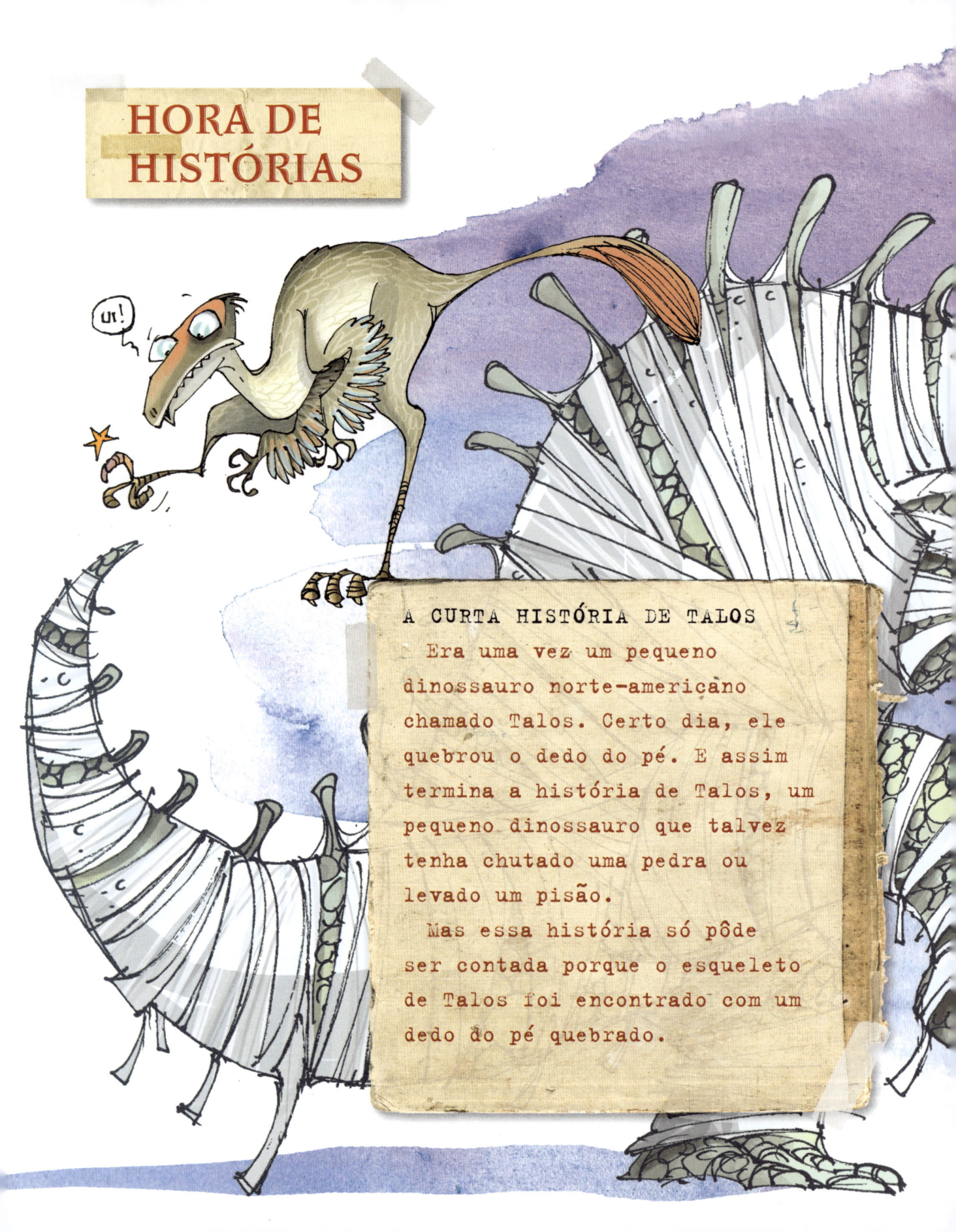

## A CURTA HISTÓRIA DE TALOS

Era uma vez um pequeno dinossauro norte-americano chamado Talos. Certo dia, ele quebrou o dedo do pé. E assim termina a história de Talos, um pequeno dinossauro que talvez tenha chutado uma pedra ou levado um pisão.

Mas essa história só pôde ser contada porque o esqueleto de Talos foi encontrado com um dedo do pé quebrado.

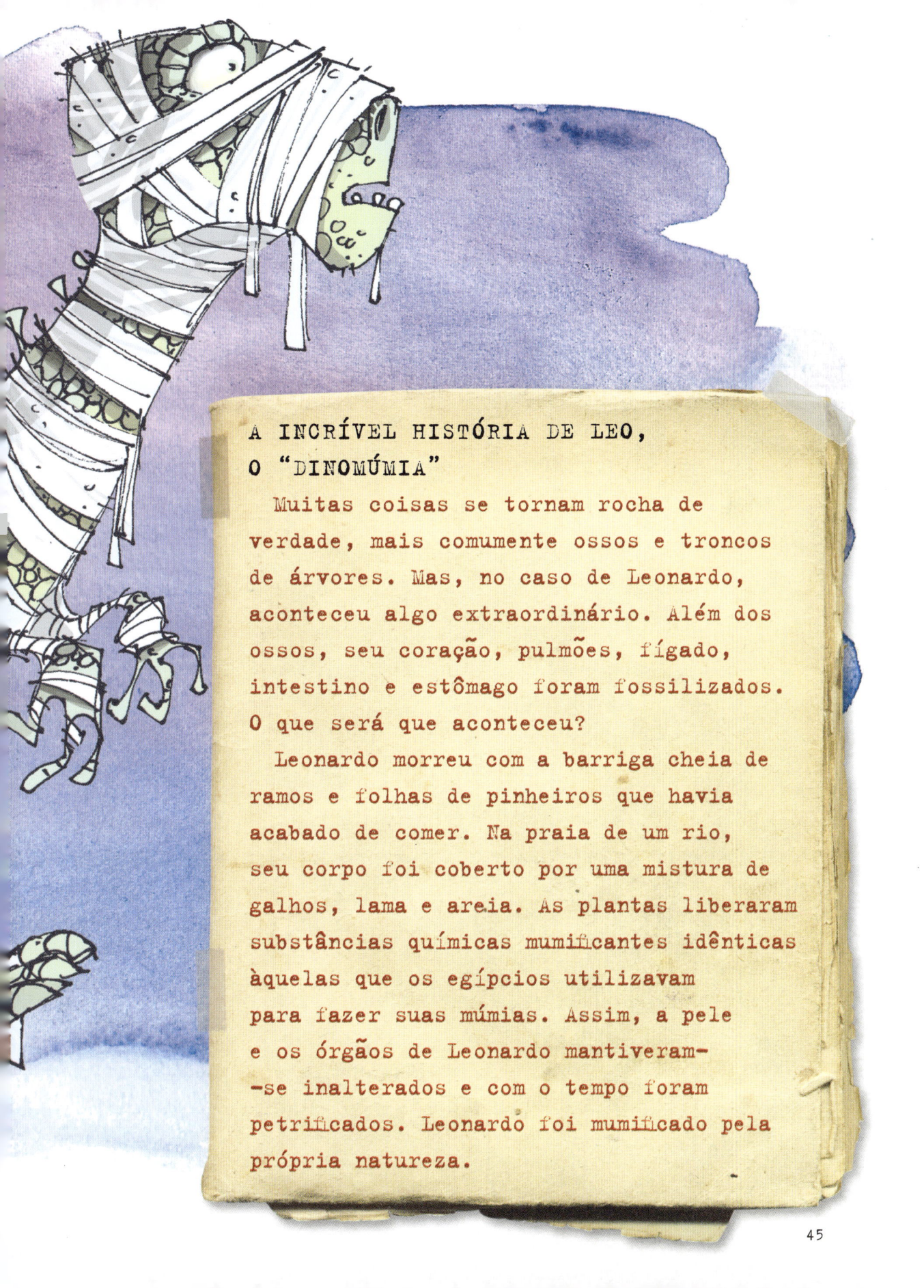

## A INCRÍVEL HISTÓRIA DE LEO, O "DINOMÚMIA"

Muitas coisas se tornam rocha de verdade, mais comumente ossos e troncos de árvores. Mas, no caso de Leonardo, aconteceu algo extraordinário. Além dos ossos, seu coração, pulmões, fígado, intestino e estômago foram fossilizados. O que será que aconteceu?

Leonardo morreu com a barriga cheia de ramos e folhas de pinheiros que havia acabado de comer. Na praia de um rio, seu corpo foi coberto por uma mistura de galhos, lama e areia. As plantas liberaram substâncias químicas mumificantes idênticas àquelas que os egípcios utilizavam para fazer suas múmias. Assim, a pele e os órgãos de Leonardo mantiveram-se inalterados e com o tempo foram petrificados. Leonardo foi mumificado pela própria natureza.

## DE PENAS PARA O AR

No longo e maravilhoso caminho da evolução, todos os bichos precisaram inventar coisas: chifres e escamas, patas e cascos, orelhas e antenas. Mas somente os dinossauros inventaram as penas.

No início da história dos dinossauros, um novo filamento surgiu debaixo de suas escamas e, quando menos se esperava, praticamente todos os dinossauros já tinham parte do corpo recoberto com penas. Inicialmente as usaram como um casaco a fim de se manterem aquecidos, mais tarde para ficar bonitos e até mesmo para impor respeito.

Um belo dia, do alto de uma árvore, um pequenino dinossauro percebeu que suas penas o faziam planar. Mais tarde, de galho em galho, seus descendentes aprenderam a voar. De certa forma, as penas ajudaram parte dos dinossauros a sobreviver no dia fatídico que viria, o pior de suas vidas. Talvez, se não tivessem as penas existido, hoje não haveria dinossauros por aí... Quem sabe?

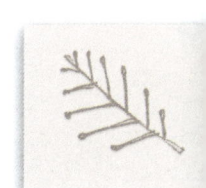

## O DIA FATÍDICO

... E aquele dia chegou. A vida dos dinossauros não era fácil. A vida de qualquer bicho nunca é. Sessenta e seis milhões e quarenta e dois mil anos atrás, alguns asteroides rumaram para a Terra... e choveu rocha no reino dos dinossauros.

A vida que já era difícil tornou-se quase impossível: o solo estragou, o ar envenenou e a água deteriorou. Não tinha para onde fugir, nem nada para comer. Imagine como foi duro para eles. Foi o fim de uma grande era, e a maioria dos dinossauros então... já era. Mas pode acreditar, nem todos morreram, dinos que sabiam voar conseguiram escapar.

— SERÁ QUE POSSO FAZER VÁRIOS PEDIDOS?

— PODER, PODE. SÓ ACHO QUE NÃO VAI DAR TEMPO...

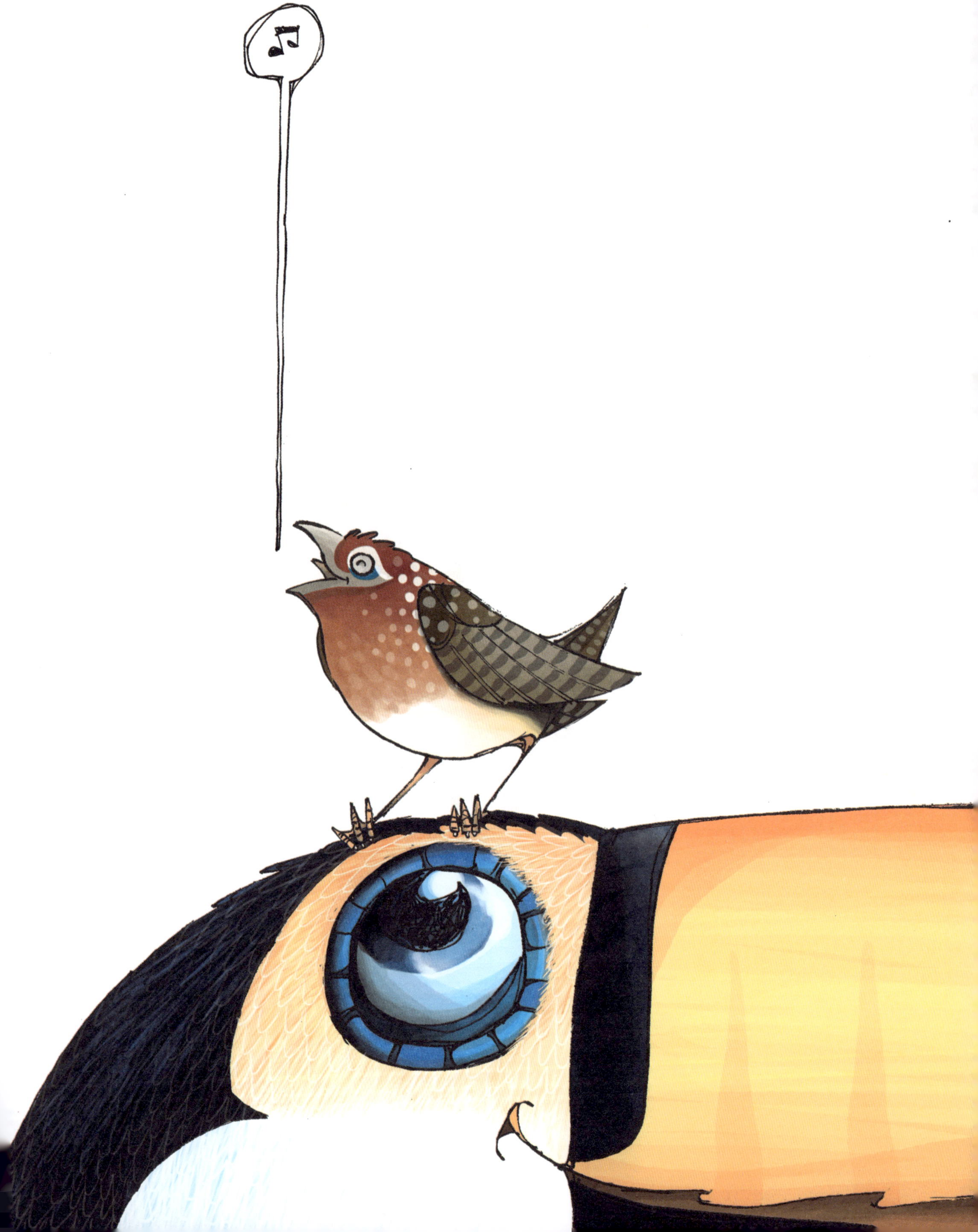

## DINOSSAUROS POR AÍ

Quase ninguém sabe, mas as aves são os dinossauros sobreviventes da grande extinção. Por serem pequenas, levaram vantagem sobre os dinossauros grandalhões.

Naquela grande crise, não precisavam de muito alimento, abrigavam-se com facilidade, se reproduziam bem rápido e conseguiam deslocar-se facilmente por grandes distâncias.

As aves ensinam que os dinossauros não foram extintos e que a vida seguiu em frente porque sabiam voar. Esses dinossauros vivem hoje no mundo todo, de um polo ao outro, da mais alta montanha ao vale mais profundo, da densa floresta ao deserto mais seco. No Brasil, estão em todas as partes. Tem garça e tucano, pica-pau e atobá, tem marreco e quero-quero, tem harpia e sabiá.

Corra até a geladeira da sua casa. Lá você vai encontrar ovos de dinossauros!

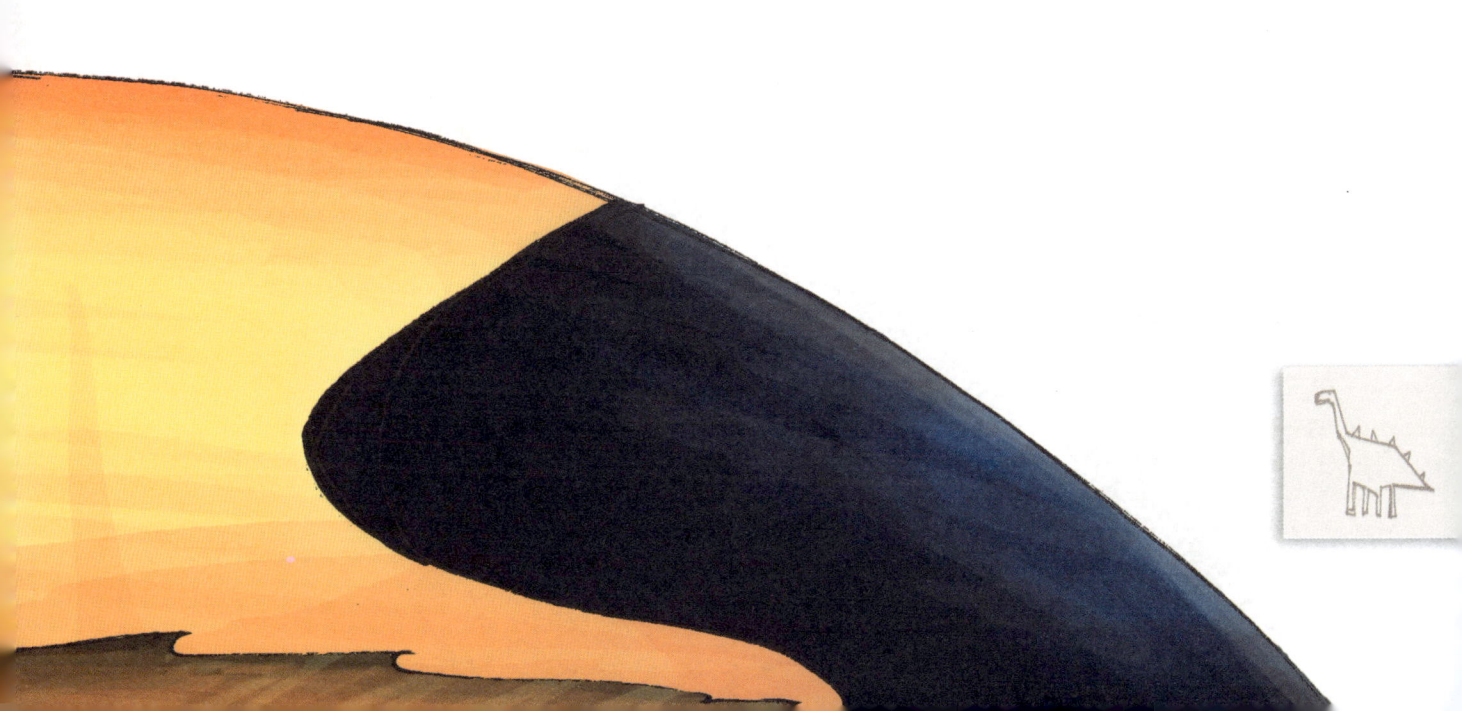

# GALERIA

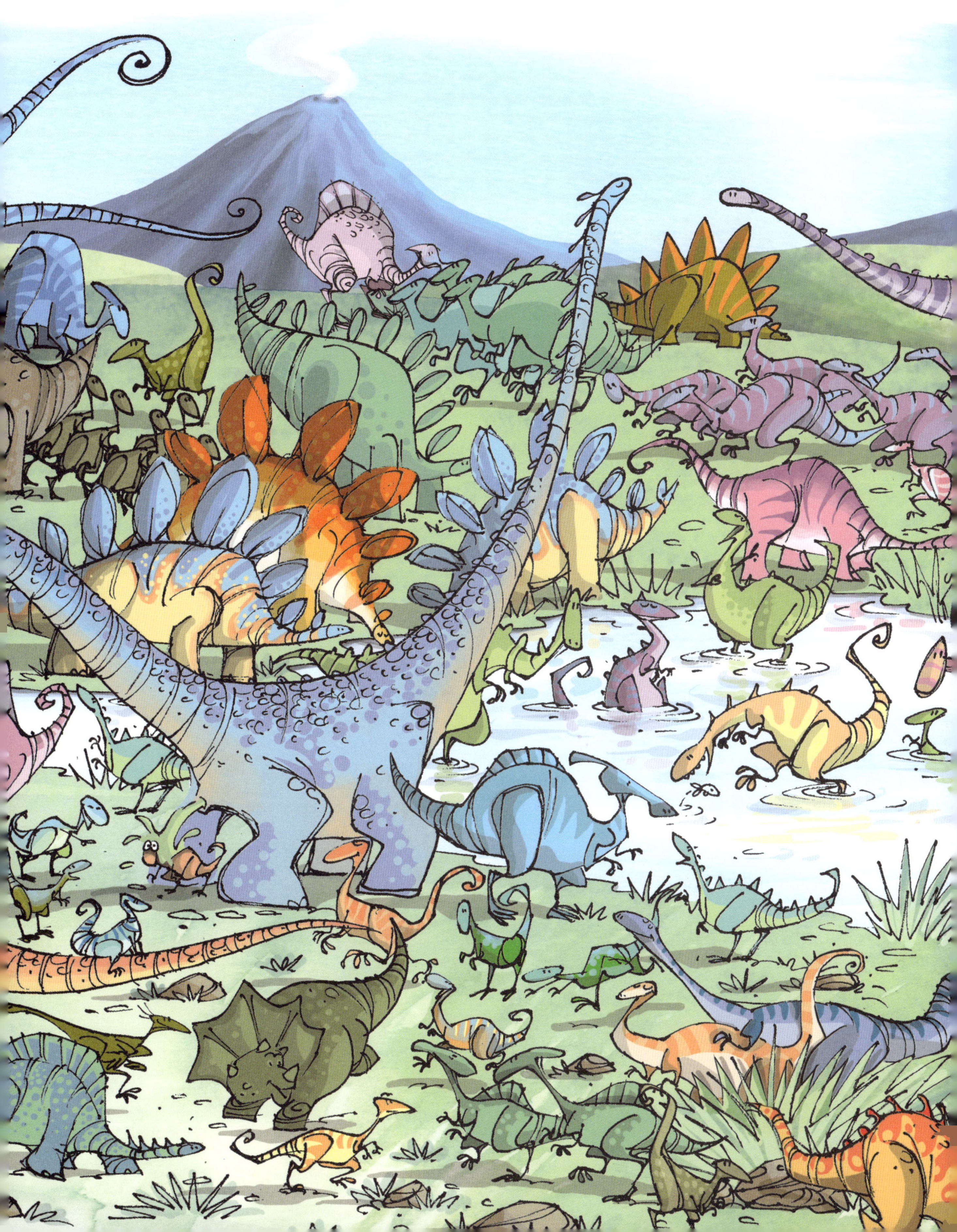

## O ILUSTRADOR

### BIRY SARKIS

Sou de Caxambu (MG), de onde ilustro livros e histórias infantis – não tantos quanto gostaria, mas o suficiente para produzir umas coisas bonitas. Além dos livros, já desenhei para várias revistas, especialmente para a *Recreio* – alguns dos meus desenhos foram premiados e participaram de exposições.

Desenhar dinos foi divertido! Eles são engraçados, principalmente os com bracinhos curtos! Quando eu era mais novo, achava que eram parecidos com galinhas – não é que eu estava certo! O melhor é que ninguém sabe de que cores eram, daí, podemos inventar!

Também gosto de filhos, tenho quatro – não tantos quanto gostaria, mas o suficiente para produzir umas coisas bonitas (eu já disse isso antes...). Quando dá, misturo essas duas coisas que gosto. Nas últimas páginas do livro fiz uma discreta homenagem aos meus dois dinossaurinhos mais novos que têm nomes de passarinho, Tiê e Uirá.

Quem quiser ver um pouco mais dos meus desenhos, dá uma olhadinha aqui: http://biry-sarkis.blogspot.com.br/.

## OS AUTORES

### LUIZ EDUARDO ANELLI

Quando eu era criança, os dinossauros não existiam aos montes em livros e bonecos como hoje, e por isso passei boa parte da minha infância brincando com outras coisas, como carrinhos de rolimã, bolas de meia e pipas que eu mesmo fazia. Só conheci os dinossauros bem mais tarde, muito depois que fui estudar biologia na faculdade, quando me tornei paleontólogo e professor na universidade.

Embora ainda hoje brinque com bolas de meia, carrinhos de rolimã e pipas que faço com meus filhos André e Alan, dinossauros estão na minha lista predileta de brinquedos. Tenho vários bonecos, canecas, camisetas e muitos livros com os quais aprendo praticamente tudo o que sei sobre a Pré-História do Brasil e do mundo.

Os dinossauros foram os melhores professores que já tive. Viva os dinossauros!

### CELINA BODENMÜLLER

Bichos antigos na minha vida são os cachorros e as galinhas de casa, e uma vaca e um cachorro da casa da tia Mariquinha. Também havia passarinhos, brinquei com morcegos, e sapos entravam sem cerimônia na sala depois da chuva. Borboletas e tatu-bolas estavam por todo lado. Tive dois gatos de mesmo nome: Kiki. Mas de dinossauros, nunca ouvi falar até criança grandinha. Não foram matéria escolar. Também não os estudei depois que cresci. No entanto, estou aqui como coautora de um livro sobre dinos. Como pode?

Vou contar: na livraria onde trabalho, vi que as crianças amavam livros sobre dinossauros, e comecei a ler tais livros. Foram as crianças que me ensinaram a gostar de dinos. E que sorte conhecer o Anelli! Ele começou a me contar coisas incríveis sobre os bichos pré-históricos até chegarmos ao feito épico de escrever um livro juntos.

Os bichos da infância já eram, são os que nem existiam quando nasci que estão no meu presente. Escrevi este livro com alegria de criança e acho que a leitura e a escrita são pura felicidade.